Bernard-Louis d' Harcourt

Une colonne d'expedition dans le desert

Antigonos

Bernard-Louis d' Harcourt

Une colonne d'expedition dans le desert

Réimpression inchangée de l'édition originale de 1871.

1ère édition 2024 | ISBN: 978-3-38814-524-2

Antigonos Verlag est une marque de Outlook Verlagsgesellschaft mbH.

Verlag (Éditeur): Outlook Verlag GmbH, Zeilweg 44, 60439 Frankfurt, Deutschland, info@outlook-verlag.de
Vertretungsberechtigt (Représentant autorisé): E. Roepke, Zeilweg 44, 60439 Frankfurt, Deutschland
Druck (Imprimerie): Libri Plureos GmbH, Friedensallee 273, 22763 Hamburg, Deutschland

UNE
COLONNE D'EXPÉDITION
DANS LE DÉSERT

PAR

M. B. D'HARCOURT

EXTRAIT DE LA *REVUE DES DEUX MONDES*
LIVRAISON DU 1ᵉʳ MARS 1869

PARIS

IMPRIMERIE DE J. CLAYE
7, RUE SAINT-BENOIT, 7

1871

EXTRAIT DE LA REVUE DES DEUX MONDES
LIVRAISON DU 1er MARS 1869.

UNE

COLONNE D'EXPÉDITION

DANS LE DÉSERT

Le maréchal Marmont dit dans son livre *de l'Esprit des institutions militaires :* « On ne fait pas la guerre dans un désert... La guerre se fait ordinairement dans les pays habités, et, là où il y a des hommes, il y a des grains pour les nourrir. » Les expéditions contre les Arabes dans le sud de l'Algérie rentrent précisément dans une de ces exceptions que le maréchal a jugées trop rares pour mériter son attention; elles se font dans un désert. Peu de personnes les connaissent, peu de personnes en ont parlé, et cependant ces expéditions diffèrent si essentiellement de la guerre d'Europe, elles exigent de la part du chef qui les dirige tant de précision dans la conception du plan, tant de prévoyance dans les détails de l'exécution, que j'ai cru pouvoir intéresser le lecteur en leur consacrant cette étude. Je n'aurai à raconter ni batailles ni victoires, et je ne me dissimule pas qu'en faisant ici cet aveu j'enlève à mon travail ce qui eût peut-être le plus piqué la curiosité. Je n'ai pu m'empêcher d'espérer toutefois que d'autres trouveraient dans les péripéties de ces campagnes un peu de l'attrait que j'y ai trouvé moi-même, qu'ils seraient attirés par le charme indéfinissable de cette contrée brûlante et par les mœurs singulières des habitans, émus aussi des souffrances qu'y éprouvent les Européens, transplantés avec leurs habitudes et leurs besoins dans un pays impuissant à les satisfaire.

I.

Depuis la soumission de la Kabylie par le maréchal Randon en 1857, la conquête du sol algérien est terminée, le Tell entier obéit à nos lois. Nous possédons aussi dans les oasis du Sahara quelques postes avancés qui nous servent, comme les grand'gardes d'un camp, à protéger ce précieux territoire. C'est par conséquent hors de la ligne de ces postes, c'est-à-dire dans le désert, qu'ont dû se réfugier les quelques tribus insoumises qui refusent encore de reconnaître notre domination. La plus importante d'entre elles, celle des Oulad-sidi-Cheik, habite le désert depuis plusieurs siècles; elle prétend descendre de Si-bou-Becker, beau-frère du prophète. Si-Cheik, le fondateur de sa puissance, fut le premier d'une série de marabouts vénérés dans tout le Sahara. L'un des plus connus, Si-Mohamed-ben-Hamza, est mort à Alger en 1861, après avoir loyalement servi la France pendant dix ans; mais au moment de l'insurrection générale de 1864 on retrouva de nouveau cette tribu à la tête de nos ennemis. Elle obéissait alors à Si-Hamed-ben-Hamza (1), fils et héritier de Si-Mohamed. Ce jeune homme, âgé seulement de vingt ans, agissait de concert avec son oncle Si-Lala, un véritable homme de guerre, que sa hardiesse, son habileté, la connaissance approfondie qu'il avait du désert, rendaient pour nous fort redoutable.

Autour de la tribu des Oulad-sidi-Cheik sont venues se grouper toutes celles que le fanatisme religieux a soulevées contre nous. Poussant devant elles quèlques maigres troupeaux, elles errent sans cesse dans des plaines stériles. Le manque de vivres et de munitions, la rareté de l'eau, la surveillance attentive de nos colonnes, semblent devoir rendre leur vie bien misérable ; leur temps se passe à courir de la Tunisie au Maroc à la recherche des pâturages les moins brûlés et des sources les moins taries. Cependant ils aiment cette ingrate patrie qui ne fait rien pour eux. Le Sahara leur appartient; ils sont libres, et ils préfèrent cette liberté à la civilisation que la France leur apporte.

Si les Oulad-sidi-Cheik ont de la peine à vivre dans le désert, nos troupes en ont bien davantage à les y poursuivre. Ils connaissent des puits dont nous ne soupçonnons pas l'emplacement. La ration quotidienne de l'un de nos soldats suffirait à nourrir chacun d'eux pendant huit jours. Leurs jumens, maigres et d'une sobriété

___
(1) Si-Hamed est mort il y a quelques mois, et a été remplacé par son frère Si-Kadour, fils d'une négresse.

incroyable, leurs « buveuses d'air, » comme ils disent, les entraînent rapidement hors de l'atteinte de nos meilleurs chevaux. Ils savent se diriger et retrouver leur chemin dans des plaines où nous ne distinguons pas le moindre point de repère. Ils vivent enfin naturellement là où nous sommes obligés de nous faire à grand'-peine une vie factice. Tous ces avantages qu'ils ont sur nous rendent la lutte contre eux excessivement laborieuse, et forcent le soldat français à déployer des qualités très différentes de celles qu'il doit au génie national. On ne lui demande plus cette bravoure pleine d'entrain qu'on a nommée *la furia francese*. Ce qui l'attend, c'est une vie de souffrances continuelles. Il devra supporter la fatigue, la chaleur, la faim, et, ce qui est pis encore, la soif; il devra courir pendant des semaines entières après un ennemi insaisissable, sans avoir la plupart du temps pour stimuler son ardeur l'appât irrésistible du moindre engagement; il devra enfin se faire une habitude des amertumes de la guerre en renonçant à la gloire, qui en serait pour lui le dédommagement.

Quand on apprend en France qu'une tribu révoltée, poursuivie dans le désert par une colonne française, a été atteinte et *razzée* par elle, c'est à peine si on y prend garde. Le mot de razzia en effet n'éveille point l'idée d'une victoire bien glorieuse. Quelques tentes et quelques troupeaux enlevés, une tribu surprise et dispersée ou emmenée prisonnière, ce ne sont pas là des succès propres à exciter l'enthousiasme, et nul ne songe à se demander de quels efforts ils ont été le prix. L'intérêt de ces modestes faits d'armes vient donc bien moins du résultat obtenu que des circonstances dont ils sont entourés, du terrain sur lequel on opère et de l'ennemi qu'on a devant soi.

L'eau est un élément si commun en Europe, on est si habitué à la trouver partout en abondance sous ses pas, qu'on a peine à se figurer un pays qui en est dépourvu. C'est cependant l'absence de l'eau qui rend cette contrée si peu praticable et si dangereuse. Dans les expéditions du sud, ce n'est pas l'ennemi qui joue le principal rôle, c'est l'eau; la connaissance des puits doit servir de base à notre tactique et diriger nos colonnes. Si l'on considère sur la carte la vaste région qui, sous le nom de Sahara algérien, s'étend au sud de notre colonie africaine, on la voit sillonnée par un nombre assez respectable de ces lignes noires et sinueuses par lesquelles on est convenu de représenter les cours d'eau. La dimension de ces lignes peut faire croire à l'existence de larges fleuves; il ne faut cependant pas s'y tromper : les lits existent, c'est vrai; mais on n'y trouve de l'eau que quelques jours chaque année, lorsqu'une pluie abondante est tombée sur les montagnes. Ces rivières coulent, si j'ose employer cette expression rarement exacte, parallèlement du nord au sud ; elles naissent dans les derniers contre-forts de la chaîne de montagnes dont la partie orientale porte le nom de Djebel-Amour, et viennent se perdre soit dans des lacs intérieurs, soit dans des bas-fonds qui prennent le nom de *daïas*, soit enfin dans les sables, qui unissent leurs efforts à ceux du soleil pour en absorber jusqu'à la dernière goutte.

La violence des eaux qui s'y pressent au moment des grandes pluies leur a donné en certains endroits un caractère tout particulier. Le torrent semble s'être creusé violemment un lit entre deux rives horizontales. Si les berges n'étaient irrégulièrement fouillées et déchiquetées par le flot, en les voyant si hautes et si escarpées, on croirait plutôt à un fossé fait de main d'homme qu'à une œuvre de la nature. Dans les terres sablonneuses au contraire, le lit se répand souvent sur une largeur de quelques centaines de mètres, et, se divisant en plusieurs bras, forme de petits îlots où croissent quelques rares tamaris, des lauriers-roses plus rares encore, et enfin une herbe d'un vert jaunâtre qui est une ressource précieuse pour les animaux. On y trouve aussi de loin en loin un *r'edir*, sorte de mare où croupit un reste d'eau. Quelque saumâtre que soit d'ordinaire le liquide qu'il contient, la rencontre d'un de ces abreuvoirs est une bonne fortune pour le voyageur. Encore l'attente est-elle souvent trompée : un *r'edir* (1) qui déborde aujourd'hui peut demain être vidé par une tribu en voyage ou par une caravane de chameaux. Parfois la rivière, cherchant à fuir les rayons desséchans du soleil, coule sous le sable à peu de distance de la surface. Il est facile alors de creuser des puits où l'eau arrive fraîche et abondante. C'est pour nos soldats une occasion de déployer leur esprit inventif en suppléant par leur adresse au manque de matériaux et d'outils. Une caisse à biscuits défoncée sert le plus souvent à soutenir les parois de l'excavation ; on enlève le sable avec des gamelles de campement. Du reste il n'y a pas trop à compter sur l'existence de ces rivières souterraines dans un pays encore mal connu, et dont l'hydrographie est entièrement à faire. Les seuls points où l'on ait la certitude de trouver de l'eau sont les puits qui ont été reconnus et indiqués sur les cartes. Le nombre en est fort restreint, et les distances qui les séparent sont considérables. Il y en a quelques-uns dont la maçonnerie remonte à une époque évidemment très ancienne, mais difficile à déterminer. Plusieurs ont jusqu'à 40 mètres de profondeur, et présentent ce phénomène remarquable que l'eau y est constamment à une température assez

____

(1) En arabe *r'hedir* signifie trompeur.

élevée pour qu'il soit nécessaire, avant de la boire, de la laisser exposée quelque temps à l'air. Les sources, les puits et les *r'dirs* ne se trouvent guère que sur le cours des rivières, et c'est avec raison qu'on a nommé celles-ci les grandes routes du Sahara.

On marche souvent plusieurs jours sans rencontrer une source; il faut alors emporter de l'eau avec soi. Si l'on n'avait comme bêtes de somme que des chevaux ou des mulets, plus de la moitié de leur charge serait déjà occupée par l'eau nécessaire à leur propre consommation. Qui donc alors porterait les hommes, les munitions et les vivres? Pour nous permettre de lutter contre le désert, la nature prévoyante nous a donné le chameau. Sans cet utile auxiliaire, une grande partie du globe échapperait infailliblement aux explorations de l'homme. Le chameau est cependant un animal laid, disgracieux, peu propre en apparence par sa conformation à faire une bête de somme. Il est difficile à charger et à diriger; il n'est pas non plus aussi robuste qu'on le croit généralement. Les changemens de température lui sont nuisibles. Ses grands pieds plats ne lui permettent guère de marcher que sur un terrain uni ou sablonneux; sur un sol humide, il glisse, et se casse souvent la jambe au milieu du canon, qui est singulièrement étroit pour supporter un aussi grand corps. Ce n'est pas un agréable compagnon de route; son odeur est rebutante, son bêlement plaintif est insupportable. Il n'en est pas moins dans le désert la providence du voyageur. On dirait qu'il a conscience des services qu'il rend lorsqu'on le voit calme et majestueux poser avec lenteur son large pied sur le sable brûlant. Il se sent chez lui, il est véritablement le maître, je dirais presque le roi du désert. A quoi donc doit-il cette royauté que son extérieur ne justifie guère? A la précieuse faculté qu'il a de marcher plusieurs jours sans boire. N'étant pas obligé de porter pour lui-même une provision d'eau, il porte celle des autres; là est son inappréciable mérite. Quant à sa nourriture, on ne s'en préoccupe jamais. Il la cherche et la trouve tout en cheminant. Le moindre brin d'herbe desséché, la moindre racine, tout est bon pour lui. Le hasard l'amène-t-il en un lieu d'abondante pâture, il ne s'arrête pas; mais, allongeant son cou à droite et à gauche, il fauche tout ce qui est à la portée de ses dents. Si le lendemain la fortune moins favorable lui refuse jusqu'aux grossiers alimens dont il sait se contenter, il va chercher au fond de son magasin intérieur son modeste repas, et bientôt le mouvement régulier de ses mâchoires frottant l'une contre l'autre vous apprend que l'heure du souper a sonné pour lui.

La nécessité de se munir de vivres pour toute la durée de l'expédition et d'eau pour un nombre de jours qui va souvent jusqu'à quatre constitue la principale difficulté des colonnes du sud. C'est aussi ce qui, au point de vue militaire, leur donne un intérêt particulier, car la moindre faute peut amener un affreux désastre. Que les chameliers trahissent et percent les tonneaux, qu'une source sur laquelle on comptait se trouve tarie, qu'un guide donne de faux renseignemens et vous éloigne des puits au lieu de vous y conduire, 1,500 ou 1,800 hommes sont perdus sans rémission. Ne jamais laisser sa troupe manquer d'eau, voilà quel doit être le premier souci du commandant. Aussi l'équipage d'eau est l'objet de sa constante sollicitude; il exerce sur les chameliers une surveillance attentive, il connaît avec précision la contenance et la déperdition des tonneaux, il calcule la ration qui doit revenir à chaque homme, à chaque bête, et veille à ce que la répartition soit faite avec équité entre les différens corps.

Lorsqu'il a été décidé qu'une colonne de troupes va entrer en campagne, on réunit donc avant tout les chameaux nécessaires aux transports. Une partie de ces chameaux appartient au gouvernement, qui les entretient à ses frais; les autres, et c'est le plus grand nombre, sont pris par réquisition dans les tribus, qui les donnent de plus ou moins bonne grâce, selon qu'elles espèrent ou non une belle razzia. En dehors du butin, presque intégralement employé à récompenser le concours des indigènes, ces réquisitions sont régulièrement payées. Chaque groupe de six ou huit bêtes est conduit par un Arabe qui les suit à pied. La vie de ces pauvres chameliers est vraiment digne de pitié. Pendant sept ou huit heures tous les jours, et souvent davantage, ils marchent derrière leur troupeau, courant après lui comme un chien de garde. Un biscuit et un peu d'eau, quelquefois un pain d'orge qu'ils font cuire le soir sous la cendre du bivouac, voilà toute leur nourriture. Un vieux burnous en loques leur tient lieu de vêtement, de lit et de couverture. Leurs pieds sont garantis des cailloux brûlans et pointus du désert par des espèces de chaussures rustiques qu'ils font eux-mêmes avec la peau de leurs chameaux et des cordes d'*alfa* tressé. Un bâton, un petit couteau qu'ils portent à la ceinture enfermé dans un fourreau en bois, et qui leur sert à la fois de poignard et de rasoir, complètent leur costume. Si par hasard on les autorise à monter sur un chameau moins chargé que les autres, ils font entendre un chant composé de deux ou trois mesures à peine, et qu'ils répètent sans interruption pendant des heures entières. Lorsqu'on voit au milieu d'une plaine sans bornes se dessiner sur un ciel sans nuage la silhouette de l'Arabe hissé sur la bosse de sa monture et se laissant aller à ce balancement régulier qui a fait surnommer le chameau le vaisseau de la terre, lorsqu'on entend ces notes rauques et cadencées qui sortent de son gosier à des intervalles toujours égaux, on est tenté de se demander s'ils luttent, l'un par la monotonie de son chant, l'autre par la lente régularité de son pas, à qui égalera la monotonie inimitable du paysage. Nul tableau n'est mieux assorti au cadre qui l'entoure, et si le soleil, près d'atteindre l'horizon qu'il rougit déjà, vient éclairer le groupe voyageur de ses rayons obliques et tracer derrière lui une ombre gigantesque, le charme est complet; c'est là tout le désert.

Les tribus amies ne sont pas appelées seulement à fournir des bêtes de somme, elles doivent aussi envoyer leur contingent de cavaliers. L'amour de la guerre et surtout l'espoir du butin attirent presque tous les hommes vigoureux, qui arrivent soit sur des jumens richement ornées, soit sur des chevaux de plus ou moins belle apparence. Les uns sont armés d'excellens fusils anglais à deux coups, les autres de vieux *mukhalas* (1) en fer ou de mauvais pistolets marocains. Les cavaliers d'une même tribu viennent se grouper autour d'une espèce d'oriflamme aux couleurs voyantes, et constituent ce qu'on appelle le *goum* de cette tribu. Leur costume n'a rien d'uniforme, ils marchent sans ordre et sans aucun appareil militaire; mais ils n'en obéissent pas moins ponctuellement à leurs chefs, qu'on reconnaît au riche harnachement de leur monture. Les services que rendent ces *goums* à la colonne sont incalculables. Ils lui servent de flanqueurs, l'éclairent à six et sept lieues en avant et dans toutes les directions; ils enlèvent des prisonniers, espionnent l'ennemi, rapportent des renseignemens, toutes choses que les meilleurs cavaliers français sont incapables de fair·. Leur sagacité pour se diriger est vraiment merveilleuse. La moindre ondulation de terrain est pour eux un point de repère qu'ils n'oublient jamais. Cette ressource leur manque-t-elle, la présence de certaines herbes, la direction dans laquelle on les trouve, leur indiquent la route à suivre. J'ai vu souvent avec un profond étonnement un guide mettre pied à terre, arracher une poignée d'herbes desséchées, et, après l'avoir sentie, changer de direction. La nuit, les étoiles leur fournissent des indications certaines.

Les distances que peuvent parcourir ces *goumiers*, si mal montés en apparence, sont prodigieuses. Pourquoi nos escadrons, mieux recrutés, mieux nourris, mieux soignés, ont-ils peine à suivre leurs jumens efflanquées, et restent-ils toujours en arrière? On peut l'expliquer de trois manières. D'abord nos chevaux sont rarement assez entraînés; dans les garnisons, on craint trop de les fatiguer. Pour ceux des Arabes au contraire, la marche est l'état normal, le repos

(1) *Mukhala*, long fusil à un coup des Arabes.

n'est que l'exception. Nous avons aussi la mauvaise habitude de surcharger nos bêtes en campagne. Quelque aguerri qu'il soit, le soldat français a besoin de trop de choses : il lui faut des vêtemens de rechange, des brosses, une foule d'objets utiles en eux-mêmes sans doute, mais fort nuisibles quand il s'agit de gagner de vitesse un ennemi qui sait s'en passer et n'imposer à sa monture que le seul poids de son corps. Une autre cause de l'infériorité de nos cavaliers dans le désert, c'est l'obligation où ils se trouvent, vu leur ignorance du pays, de marcher toujours en troupe. Les chevaux n'ont pas tous la même vitesse : la nécessité pour les uns d'allonger, pour les autres de ralentir leur allure naturelle, est une grande cause de fatigue que les Arabes évitent avec soin. Chaque *goumier* est indépendant, il marche pour son propre compte, et laisse à sa bête une absolue liberté de mouvemens. Quelquefois même, pour lui enlever jusqu'à la moindre gêne, il se penche sur l'encolure de son cheval, et lui ôte la bride, qu'il accroche au pommeau de la selle. Le fidèle animal continue paisiblement son chemin. Rencontre-t-il un peu d'herbe, il se met tranquillement à paître. Loin de l'éperonner, l'Arabe descend, fait sa prière, et ne repart que lorsque la bête rassasiée relève la tête comme pour l'avertir qu'elle est à ses ordres. Sent-il son cheval épuisé fléchir sous lui, il s'arrête encore, et ne craint pas, avec la patience particulière à sa race, d'attendre, avant de continuer son voyage, des heures, des journées, s'il le faut.

On peut trouver dans ce contraste un sérieux enseignement. Si la discipline est une force pour une armée, si elle en est la base et le fondement le plus indispensable, n'a-t-elle pas aussi dans certains cas ses inconvéniens et ses dangers? Elle apprend, il est vrai, au soldat à obéir ponctuellement; mais elle lui fait prendre en même temps l'habitude de voir chacun des détails de son existence réglé par un ordre qu'il ne cherche pas à comprendre, puisqu'il lui est interdit de le discuter. La discipline devient ainsi fatalement un obstacle au complet développement des facultés militaires de chaque homme. Comment nos soldats sauraient-ils se diriger d'après les étoiles, les montagnes, les accidens de terrain? D'autres l'ont toujours fait pour eux. Voilà ce qui explique la supériorité du *goumier* arabe sur le chasseur d'Afrique le plus habitué à la guerre du sud, lorsqu'il s'agit de voir par ses propres yeux, de décider pour soi et de ne compter, pour vivre, marcher et combattre, que sur les ressources de son propre esprit. Aussi ne peut-on jamais dans le désert employer les cavaliers français isolément. En dehors des rangs de l'escadron, ils ne peuvent être utiles en rien. Dès qu'il s'agit d'une mission individuelle, c'est aux Arabes qu'il faut s'adresser. A eux seuls peuvent être confiés les services d'éclaireurs et de courriers, services importans, et qui dans les grandes guerres sont le rôle naturel de la cavalerie légère.

II.

Au mois de mars 1866, je me trouvais sur la route de Laghouat, allant avec un petit détachement rejoindre mon escadron. A Boghari, joli village arabe gracieusement perché sur les flancs d'un rocher abrupt, une dépêche nous enjoignit de hâter notre marche afin d'arriver à temps pour faire partie de la colonne mobile qu'on était en train d'organiser. La perspective d'une expédition nous fit franchir gaîment les huit longues et ennuyeuses étapes qui nous séparaient encore de Laghouat. C'était la première oasis que je voyais, et c'est celle qui a produit sur moi l'impression la plus vive. Il faisait, lorsque j'y arrivai, une de ces chaudes journées qui seules donnent aux paysages du désert leur véritable caractère. La voûte du ciel semblait si élevée au-dessus de nos têtes que les rayons du soleil nous brûlaient sans nous faire éprouver ce sentiment d'oppression qui rend la chaleur si pénible dans nos contrées. Las de la route, affaissé sur ma selle, je me laissais aller à une demi-somnolence. J'entendais bourdonner à mon oreille ce bruit à peine perceptible qu'on ne saurait définir autrement que le bruit de la chaleur. A droite et à gauche s'étendait une vaste plaine bordée seulement au loin par de petites collines qui ressortaient en bleu plus foncé sur le bleu du ciel. Le chemin à peine tracé, mais jalonné par les poteaux du télégraphe, se dirigeait vers une dune de sable qui interceptait la vue devant nous; tournant brusquement à gauche, il nous fit dépasser cet obstacle, et tout à coup l'oasis nous apparut.

Au premier plan, une jolie allée de saules-pleureurs au-dessous desquels coule le ruisseau se détache en vert tendre sur la masse sombre des palmiers. A notre droite, une percée entre l'oasis et la colline de sable laissait apercevoir un désert immense où l'œil se perdait sans pouvoir s'arrêter sur aucun détail. Un voile imperceptible de cette belle lumière particulière aux pays du midi a pris soin de fondre les tons trop chauds et trop tranchés de ce surprenant paysage en une incomparable harmonie. Une source sort de terre; tout l'espace qu'elle peut arroser forme l'oasis. Autant ce terrain privilégié est fertile, autant celui qui l'entoure est nu et desséché. Nulle part le contraste entre le verdoyant îlot et le fond aride qui l'encadre n'est mieux tranché qu'à Laghouat. L'oasis s'étend des deux côtés du ruisseau sur une longueur de 1 kilomètre 1/2. Au centre s'élèvent deux petites collines qui, n'étant pas atteintes par les eaux, sont restées stériles et jaunâtres. Sur l'une a été bâti l'hôpital; au sommet de l'autre, une mosquée commencée jadis par nos soins et qui n'a jamais été terminée domine le massif des palmiers, et laisse apercevoir, découpé par les arcades mauresques de l'édifice, un petit morceau du ciel. Sur les flancs de cette colline sont groupés les misérables *gourbis* en terre qui contiennent la population indigène. Plus bas, autour d'une place carrée taillée dans le bois de palmiers, on a construit l'église, le bureau arabe, la maison du commandant supérieur, enfin quelques boutiques françaises d'épiciers et de marchands de vin. Les palmiers se partagent le reste de l'oasis avec des jardins où croissent pêle-mêle des arbres fruitiers de toute espèce. Autour des troncs grimpent des vignes entrelacées qui courent de branche en branche dans un pittoresque désordre. De petits canaux viennent apporter à chacun de ces jardins l'eau à laquelle il a droit. Ceux d'entre eux qui touchent au désert sont protégés des effets désastreux du vent et du sable par des murs de boue et de briques cuites au soleil.

Les troupes qui composent la colonne mobile sont campées en dehors de l'oasis, à 1 kilomètre environ dans le désert. L'emplacement de ce camp offre les spécimens les plus variés et les plus originaux d'une architecture locale née du manque absolu de bois. Des briques de terre et de la boue pour ciment, voilà les seuls matériaux. Les pleins cintres, les ogives, les arceaux mauresques, tous les styles et tous les ordres ont été mis à contribution. Chacun a pu exercer dans l'édification de sa demeure l'imagination et l'esprit créateur dont le ciel l'a doué. Lorsque j'arrivai, l'animation était grande autour de ces baraques improvisées. Sur le bord du ruisseau étaient rangés les petits tonneaux de l'équipage d'eau, qu'on emplissait l'un après l'autre. Les *goums*, conduits par leurs *aghas* et leurs *caïds*, arrivaient de tous côtés, et venaient bivouaquer autour de nous. Sur toutes les dunes de sable, on voyait apparaître des groupes de chameaux qui s'avançaient lentement et sans ordre, et venaient s'agenouiller sur l'emplacement qui leur était désigné. Dans l'intérieur du camp, chacun faisait ses préparatifs de départ. Les anciens soldats, ceux qui avaient déjà *navigué* dans le désert, dirigeaient le travail, donnaient des conseils aux plus jeunes, raillaient les maladroits en les traitant de *roumis*, et enseignaient à tous les petites combinaisons que leur avait suggérées l'expérience. On les écoutait comme des oracles. Ce n'est pas une petite affaire, pour un homme qui va passer six semaines ou deux mois sur son cheval, de préparer son installation; aussi y met-il tout le soin possible. Chaque détail du harnachement est passé en revue. L'un raccommode ses vêtemens, déjà couverts de bien des pièces; l'autre confectionne une visière immense pour se garantir du soleil, presque tous s'ingénient à faire tenir sur leur selle le plus de choses possible. Ils ne réflécbissent pas qu'en augmentant ainsi la charge de leur cheval, c'est leur propre sûreté qu'ils compromettent. Cette manie de s'encombrer d'objets superflus se retrouve même chez le fantassin. Le soldat français a besoin avant tout de distractions, dût-il souffrir pour se les procurer. On en voit qui emportent sur leur dos des singes, des perroquets, des lézards. Les zouaves surtout sont incorrigibles; si on les laissait faire, leur sac servirait de base à une énorme pyramide qui s'élèverait au-dessus de leur tête, et les ferait plier sous le poids.

Au milieu de tous ces préparatifs, des nouvelles de l'ennemi nous arrivaient. Si-Hamel avait osé s'avancer au nord de Géryville, et avait attaqué à Ben-Hattab, le 16 mars, un détacbement de la colonne de Colomb. 22 bommes, dont 1 officier, avaient été tués, 34 avaient été blessés. Après cet exploit, la bande du marabout était redescendue vers le sud; notre rôle était de la poursuivre et d'empêcher sa jonction avec un autre cbef insoumis, Ben-Naceur-Ben-Chohra, qui tenait le Mzab avec de nombreux partisans. La colonne de Géryville devait combiner ses mouvemens avec celle de Laghouat et interdire aux ennemis la route de l'ouest, si, comme cela était probable, ils cherchaient à se réfugier au Maroc.

Le 25 mars, le jour tant désiré du départ arriva. La colonne (1) sé déroula lentement hors du camp, puis elle se forma dans l'ordre qu'elle devait conserver pendant toute la durée de l'expédition : les deux bataillons d'infanterie en colonne au centre suivis des mulets qui portaient les cacolets d'ambulance et les munitions, — la cavalerie en bataille, un escadron en tête et un sur chacun des flancs. Le convoi, malgré tous les efforts qu'on faisait pour le réunir, restait dispersé dans toute la plaine par petits groupes de chameaux. Nous partions pleins d'espoir et d'entrain : la nouvelle du malheureux combat de Ben-Hattab stimulait encore notre ardeur; c'était un petit échec que nous avions à cœur de venger. Au bout d'une heure, les officiers de la garnison de Laghouat, qui nous avaient accompagnés, s'arrêtèrent et nous firent leurs adieux. Lucrèce a dit qu'il n'y a pas de plaisir comparable à celui de voir affronter par d'autres des dangers qu'on ne partage pas. A coup sûr, aucun d'eux n'était de son avis; tous avaient les larmes aux yeux. Ce dut être pour

(1) Elle était composée de 1,060 hommes d'infanterie, 550 de cavalerie, 150 d'artillerie, du train, du génie, et 900 hommes du *goum*, en tout 2,660 hommes. Elle était suivie de 1,892 chameaux.

eux en effet un instant émouvant et solennel que celui où ils virent cette petite armée s'élancer au-devant de dangers inconnus dans les vastes plaines de ce sud immense, sur lesquelles ils promenaient leurs regards inquiets sans pouvoir y découvrir autre chose qu'une ligne bleuâtre et désespérément droite qui indiquait la limite entre la terre et le ciel. Ce sentiment de tristesse, nous ne le partagions en aucune façon. Je mentirais cependant, si je ne disais qu'après m'être retourné pour saluer une dernière fois de la main les camarades que je quittais je ne ressentis aucune émotion. Quelques battemens plus chauds et plus précipités de mon cœur me rappelèrent que je ne partais pas pour une simple promenade; mais cette impression dura peu. La parole convaincue et passionnée de notre commandant, le lieutenant-colonel de Sonis, nous eut bientôt remplis de la confiance qu'il avait lui-même, et des rêves heureux me bercèrent jusqu'au moment où je fus réveillé par la sonnerie de halte.

Pendant qu'on s'occupe de l'établissement du camp et que chacun fait sa part du service, les cuisiniers organisent leurs fourneaux. Un trou creusé dans la terre à l'aide d'un couteau ou de leurs ongles, c'est tout ce qu'il leur faut. Quelques branches de buisson soigneusement ramassées pendant la route, au pis aller les racines d'une petite herbe qui croît à l'ombre des cailloux, même sur les plateaux les plus arides, voilà le combustible. Au début de la campagne, les hommes se sont réunis, suivant leurs goûts, par groupes de sept ou huit, pour former ce qu'ils appellent des *tribus*. Chacune d'elles nomme à l'élection un de ses membres aux fonctions de cuisinier. Le cuisinier gère les fonds de la tribu, perçoit la solde de tous les membres, fait les provisions, et traite avec le boucher et l'épicier qui suivent d'ordinaire la colonne. Il est chargé aussi de subvenir aux plaisirs de la tribu, où le communisme est pratiqué de la façon la plus complète, car tous, jeunes et vieux, simples soldats et gradés, versent intégralement au fonds commun le montant de leur solde; personne ne conserve pour soi un centime. Lorsque les finances sont prospères, le cuisinier achète du tabac qu'il répartit également entre tous. S'il reste encore quelques sous, la tribu tout entière se transporte à la tente du *mercanti*; on achète de l'eau-de-vie, et on la boit sur place en trinquant ensemble. Les mœurs de ces petites républiques sont curieuses à étudier. Le président, je veux dire le cuisinier, est choisi parmi les plus intelligens et les plus *débrouillards*; mais avant tout il faut qu'il soit honnête, car il est à tout moment surveillé. Les comptes ne sont écrits nulle part, il les rend le soir autour de la marmite; chacun connaît parfaitement son petit budget, et, s'il y manque une obole, le coupable est immédiatement destitué. Cette organisation a aussi de grands avantages au point de vue militaire : une confraternité absolue s'établit entre les hommes de chaque tribu; ils se partagent d'eux-mêmes la besogne, l'un porte la tente, l'autre une hache, le troisième les bidons. En arrivant au bivouac, chacun sait ce qu'il doit faire; le service marche mieux et plus vite, tout le monde y gagne.

La seconde journée de marche fut une des plus gaies. Nous traversions une interminable plaine d'*alfa*. L'alfa est une plante dont la couleur et l'apparence rappellent les petits joncs qu'on trouve en France dans les terrains marécageux; mais ses instincts sont différens, car elle a horreur de l'eau. L'alfa croît en touffes épaisses, et soulève par ses racines la terre qui l'environne de manière à former un petit monticule. Ces mottes fourrées sont pour les lièvres des gîtes excellens; probablement aussi l'alfa est une nourriture à leur goût, car on les trouve en abondance dans le voisinage de cette plante. A peine un lièvre s'est-il levé sous les pas des chevaux qu'aussitôt les Arabes se précipitent à fond de train derrière lui. C'est merveille de les voir diriger d'une main leur cheval galopant à toute allure, tandis que de l'autre ils font pirouetter d'un air de défi leur long *mukhala*. Arrivé à portée du lièvre, le cavalier cesse même absolument de conduire sa monture, abandonne les rênes, saisit son fusil, et debout, appuyé sur le vaste troussequin de sa selle, il ajuste et tire. Rarement il tue la bête; mais c'est le moindre de ses soucis. Pour lui, le plaisir consiste dans la rapidité de la course et dans le bruit de la poudre; qu'il ait ou non manqué son coup, il n'en est pas moins fier, et, ma foi, il a raison, car il est vraiment beau quand, lancé à toute vitesse, on le voit se dresser sur les étriers et livrer au vent les plis de son burnous blanc qui flottent et s'allongent derrière lui. Nous prenions part aussi à cet exercice enivrant, mais sans y briller comme les Arabes; nous avions beau faire, ils nous dépassaient toujours. En revanche, notre chasse était plus fructueuse. Renonçant à poursuivre les lièvres que nous n'atteignions jamais, nous nous contentions de marcher au pas, le fusil en travers sur le pommeau de la selle. Un lièvre partait-il, nous le tirions tout en marchant, et les rôtis ne manquaient pas à notre table. Cette chasse, qui se continua pendant les deux étapes suivantes, abrégea beaucoup la route. Si par hasard une de ces pauvres bêtes, poursuivie par les Arabes, traquée et tirée de tous côtés, ahurie et perdant la tête, venait se jeter dans les rangs de l'infanterie, c'étaient des joies, des cris indescriptibles; on l'entourait, on courait après elle; tout le monde s'arrêtait pour attendre l'issue de la lutte, un cri de triomphe indiquait qu'elle était prise, et on se remettait en marche, oubliant pendant un quart d'heure la fatigue et la chaleur pour se raconter mutuellement les épisodes de la victoire et la part que chacun y avait prise.

Trois journées de marche dans la direction du sud-ouest nous amenèrent à Tadjrouna. Tous les villages de ce pays se ressemblent; mais, s'il en est un plus triste et plus désolé que les autres, c'est certainement Tadjrouna. Figurez-vous une vaste plaine légèrement ondulée, au milieu une mare, et sur le bord de cette mare un petit village gris entouré d'une enceinte sans ouverture apparente. Pas un arbre, pas un misérable petit arbuste. Il ne faut pas confondre les fières et belliqueuses tribus nomades avec les habitans de ces petits *ksour* (1) du sud, leurs éternels ennemis. Ceux-ci sont pacifiques et sédentaires; ils ne connaissent que la guerre défensive, et ne tirent jamais un coup de fusil qu'à travers les trous informes qui servent de créneaux à leurs murailles. Leur occupation consiste presque uniquement à cultiver des plantes potagères. La source de Tadjrouna suffit tout au plus pour désaltérer ses 200 ou 300 habitans et pour arroser l'espace concédé jadis aux compagnons de Didon, celui que pouvait couvrir la peau d'un bœuf. Aussi le désespoir des indigènes fut-il grand lorsqu'ils nous virent le lendemain remplir nos tonneaux et emporter sur le dos de nos chameaux l'espoir de leurs jardins. On confia au caïd une réserve de vivres, qu'un convoi spécial avait amenée de Laghouat, et le 29 mars au matin on dit adieu à ce reste de civilisation.

A peine sortis de Tadjrouna, nous trouvâmes une de ces rivières déjà décrites, l'Oued-Zergoun, que nous suivîmes pendant trois jours, marchand presque directement vers le sud. Chaque soir, on dressait les tentes sur le bord d'un *r'edir*, et les chevaux, attachés au milieu d'une herbe touffue, se gorgeaient de vert, dont ils allaient être privés pour longtemps. Enfin le 31 mars nous campâmes dans un endroit appelé Thir-el-Habchi. Là une partie des *goums* reçut l'ordre de se porter sur le Mzab et de s'entendre avec les Chambaas, nos alliés, pour attaquer Ben-Naceur-ben-Chohra en lui laissant croire que la colonne arrivait, et de venir ensuite nous rejoindre. Grâce à cette ruse, Si-Lala, averti que nous marchions sur le Mzab, se garda bien de quitter les eaux de l'Oued-Gharbi, ou nous allions tenter de le surprendre. Pour laisser à cette fausse nouvelle le temps de se répandre, on resta trois jours à Thir-el-Habchi.

Il nous fallait quatre grandes étapes pour atteindre le lit de l'Oued-Seggueur, le point le plus rapproché où nous puissions trouver de l'eau. Les tonneaux furent remplis et bouchés avec un

---

(1) *K'sar*, village; pluriel, *ksour*.

soin tout particulier. Les chameaux ou plutôt les dromadaires, car c'est par erreur que l'usage s'est établi de les appeler ainsi, sont affublés d'une espèce de bât adapté tant bien que mal à la forme de leur unique bosse. Le bât, qui est retenu sous le ventre de l'animal par des cordes faites de son propre poil, devient son compagnon inséparable, et reste sur son dos jusqu'à ce que la pourriture des cordes le laisse tomber de lui-même; on ne l'ôte sous aucun prétexte. Un sac double, également en poil de chameau, jeté transversalement sur le bât, contient dans chacune de ses poches un tonneau qui fait ainsi équilibre à l'autre. Pour faire mettre le chameau à genoux, on appuie fortement sur sa longue encolure en poussant un cri particulier auquel l'animal répond comme toujours par son éternel bêlement, en regardant d'un air courroucé celui qui ose lui demander une semblable humiliation; il finit cependant par céder, et à peine est-il à terre qu'on lui attache les deux genoux de manière à l'empêcher absolument de se relever. On le charge alors à loisir, et on ne lui rend sa liberté que lorsque l'opération est terminée.

La journée du 4 avril fut marquée par un événement que ressentit douloureusement toute la colonne. Depuis le matin, nous franchissions une multitude de petites dunes de sable sur lesquelles le vent avait tracé en se jouant, avec une délicatesse inouie, de petites lignes sinueuses comme la vague en laisse quelquefois derrière elle sur les plages de l'Océan. C'était si fin, si parfait, qu'on se faisait presque scrupule de fouler aux pieds ces jolies arabesques. Il prit tout d'un coup au vent, qui avait fait cet inimitable travail, la fantaisie de le détruire; il s'éleva brusquement, amenant avec lui son cortége de sombres nuages qui bientôt eurent envahi le ciel, si pur un instant auparavant, et, soulevant par tourbillons le sable fin sur lequel nous marchions, il en couvrit la colonne. Une obscurité complète se fit; nous ne distinguions plus nos voisins les plus proches. Le bruit des pas, amorti déjà par le tapis de sable, s'éteignait sous les sifflemens de la tempête. Nous appelions; mais la voix, à peine sortie de la gorge, y était brusquement refoulée, les appels restaient sans réponse, et nous en étions réduits pour nous diriger à profiter des petites éclaircies que produisaient les bouffées les plus violentes du vent, et qui nous permettaient d'apercevoir à travers le voile un instant déchiré la forme vague d'un homme ou d'un cheval. Ce furent deux pénibles heures. Au bout de ce temps, le vent s'apaisa un peu, et les grains de sable qui tourbillonnaient au milieu des nuages retombèrent en reformant derrière nous des arabesques plus jolies et plus délicates peut-être que celles qui m'avaient frappé le matin.

A peine le bivouac installé, on fit l'appel en hâte, tremblant, en prononçant chaque nom, de ne pas entendre la réponse : « présent. » Une fois ce mot ne vint pas. On parcourut le camp en appelant à haute voix l'homme qui manquait; on interrogea ses camarades. La dernière fois qu'on l'avait vu, c'était au commencement de la tourmente; il montait un cheval ardent qu'il semblait avoir quelque peine à retenir. Un homme qui l'avait aperçu s'efforçant de le maîtriser, et qui lui avait jeté quelques lazzis en passant, venait maintenant s'en confesser avec regret. Chacun arrivait apportant son renseignement : l'un était son « pays, » l'autre avait servi avec lui dans les hussards. En peu d'instants, tout le monde fut au courant de ce qui le concernait; mais personnne ne pouvait dire ce qu'il était devenu. Muni de ma longue-vue, je montai sur un petit mamelon d'où je pouvais embrasser la plaine; j'examinai attentivement chacun des points un peu plus foncés qui faisaient tache sur la teinte jaunâtre du sable, espérant toujours le voir se déplacer et venir à moi; mais rien ! Un silence et un calme mortels avaient succédé à l'ouragan. On fit monter à cheval un peloton de chasseurs commandés par un officier. Après deux heures de vaines recherches, craignant eux-mêmes de ne plus retrouver leur route, ils durent rentrer au camp. Une seule ressource nous restait encore. On arracba toutes les racines que l'on put trouver, et de grands feux furent entretenus toute la nuit sur le petit monticule d'où j'avais sondé la plaine avec ma lunette. « Est-il rentré? » fut ma première parole le lendemain matin. Je savais bien que non, car j'avais donné l'ordre au factionnaire de me réveiller, s'il y avait des nouvelles. Cependant la réponse que je reçus : « non, mon lieutenant, » me fit froid au cœur.

On frémit en pensant aux angoisses qu'a dû éprouver ce malheureux lorsqu'à la fin de l'orage il aura regardé autour de lui, et que dans le cercle vaste et régulier de l'horizon il n'aura vu s'agiter aucun être vivant. On le voit cherchant d'un œil inquiet à retrouver nos pas sur le sable. Tout d'un coup la vérité lui monte à la tête comme un éclair : il n'y a plus de traces, il ne peut plus y en avoir; le vent a tout détruit. Le vertige le saisit. Affolé, il enfonce ses éperons dans le ventre de son cheval, un beau cheval bai-brun qui devait m'appartenir au retour de l'expédition. La noble bête part au galop, et, l'entraînant dans une mauvaise direction, lui enlève ainsi sa dernière chance de salut. Après une demi-heure, une heure peut-être de cette allure effrénée, il s'arrête, regarde encore : la solitude n'est pas moins grande que tout à l'heure; il repart dans une autre direction, s'arrête encore, en prend une nouvelle, et continue ainsi sa course désordonnée jusqu'au moment où, les forces du cheval venant à manquer, il tombe, et alors... Dans l'une des fontes, il y avait deux biscuits, dans l'autre un revolver. Jamais on n'a eu de nouvelles de cet infortuné.

Que ces quatre étapes me semblèrent donc tristes et mornes! Pas un arbre, pas une touffe d'herbe ne venait apporter la moindre diversion à la nudité du désert. Une rangée de petites collines apparaissant dans le lointain traçait parfois une ligne sinueuse sur le bleu implacable du ciel. On se flattait d'y trouver un ravin, un rocher, quelque chose qui ne fût pas la plaine : on se faisait fête de les atteindre; mais la pente douce et à peine sensible du terrain amenait à elles avec un tel ménagement qu'elles semblaient se fondre, et qu'un deuxième plan de collines aussi trompeuses se dessinait déjà dans le nouvel horizon sans qu'il fût possible de dire si l'on avait ou non franchi les premières. — N'avez-vous jamais remarqué qu'un trajet paraît d'autant plus long qu'on en prévoit moins la durée? Le temps compte double à qui ne connaît pas le terme de son voyage. Partir sans savoir quand on s'arrêtera, c'est éprouver une impression affaiblie de l'éternité, à plus forte raison si l'on marche dans un désert. On comprendra donc combien nous semblaient longues les huit ou dix lieues que nous franchissions chaque jour avec la lenteur du pas de l'infanterie.

L'étape finie, pas plus pour les officiers que pour les soldats l'arrivée au bivouac n'est le signal du repos. Il faut d'abord tracer les limites du camp, déterminer la place de chacun, veiller à l'installation régulière des hommes et des chevaux, assister enfin aux diverses distributions; celle de l'eau surtout demande une surveillance attentive. Vérifier que chaque fraction de troupes reçoive intégralement la part qui lui revient, en faire ensuite entre les hommes une égale répartition, exiger enfin que la ration des chevaux ne soit pas détournée de sa destination, tels sont les devoirs des officiers, devoirs souvent douloureux à remplir, et qui exigent une grande énergie quand ils consistent à mesurer à chacun la part de souffrance qui lui incombe. Une fois le service fait, je retournais à ma tente, que je trouvais dressée et prête à me recevoir. Un lit de cantine, un pliant et une petite table, voilà tout le mobilier; mais quel bon sommeil ce lit procurait, et avec quel plaisir on s'asseyait à cette table pour y écrire une lettre qu'on savait impatiemment attendue! Personne ne doutera qu'à la fin d'une semblable journée la toilette ne fût la source d'une bien légitime jouissance. Je ne pouvais compter sur ma faible ration d'eau, absorbée tout entière par un plus utile usage; mais celle de mon cheval, ménagée de manière à n'en pas perdre une goutte, me servait au moins, avant de lui revenir, à un simulacre de lavage; il fallait seulement éviter d'y mêler du savon, pour lequel les chevaux ont une aversion insurmontable. Le dîner était généralement gai, l'appétit le faisait toujours paraître excellent. Il se prolongeait par des causeries échangées autour de la table en fumant, et qui nous conduisaient facilement jusqu'à huit heures et demie, heure habituelle du coucher. Quelques bonsoirs retentissaient dans le camp, puis chacun rentrait chez soi, et l'on n'entendait plus rien, si ce n'est parfois les hennissemens de deux chevaux qui se battaient et la voix du factionnaire qui les séparait à coups de bâton. C'était certes une vie peu comfortable, mais qui m'a pourtant donné de bons momens, et laissé de bien douces impressions.

A trois heures du matin, le clairon venait subitement donner de la vie à tout. Du fond de ma peau de mouton, que j'avais peine à quitter, j'entendais s'élever une vague rumeur dans laquelle je distinguais les bêlemens des chameaux, les juremens des chasseurs qui sellaient leurs chevaux, les cris des Arabes, qui d'un bout à l'autre du camp s'appelaient sur un ton aigu. Je m'habillais à la hâte, et lorsque je passais la tête à travers la porte débouclée de ma tente, j'avais devant moi un curieux spectacle. Le soleil n'éclairait pas encore le camp, la nuit était profonde ; mais les feux allumés par les chameliers jetaient çà et là quelques lueurs vacillantes qui suffisaient aux hommes pour se diriger au milieu des chameaux accroupis, des selles, des caisses, des sacs d'orge, qui eucombraient le sol. Debout et groupés autour de ces foyers, quelques officiers s'y chauffaient les mains, et dirigeaient de là le travail en donnant des ordres à haute voix. Leurs bottes rougies par la flamme et la lumière de leurs cigarettes qui brillait par intervalles, c'est tout ce qu'on apercevait d'eux. Puis les tentes tombent une à une, les chameaux, à peine chargés, s'en vont lentement avec un air de majestueuse bêtise. Le clairon sonne le départ, l'infanterie s'ébranle, les cavaliers montent à cheval, et bientôt rien ne désigne plus notre hivouac de la veille que les derniers tisons des foyers, dont les lueurs affaiblies pâlissent déjà sous la timide lumière du soleil levant.

Au milieu du quatrième jour, nous nous trouvâmes tout à coup sur le bord d'un grand ravin dont à quinze pas rien ne pouvait faire prévoir l'existence. A nos pieds s'arrondissait un vaste bassin, bizarre accident de la nature que je n'ai jamais retrouvé ailleurs, et qui nous apparaissait sous la forme d'une immense cuvette. D'un seul côté, l'escarpement, s'abaissant en pente plus douce, en rendait l'accès praticable. Au centre, le vent avait élevé le monticule de sable sur lequel est bâti le *ksar* de Si-el-Hadj-Eddin. Ce village, qui même au temps de sa splendeur n'a jamais été qu'une agglomération de quinze ou vingt maisons en pisé, mais qui est un des lieux consacrés des Oulad-sidi-Cheik, avait été détruit l'année précédente par une colonne française qui était venue chercher au cœur même de sa puissance cette tribu redoutable et toujours rebelle. L'œuvre de destruction n'a pas coûté grande peine. On s'est contenté d'allumer les feux de bivouac avec le bois des toitures, amené jadis de très loin et à grands frais par les anciens habitans. Les pluies d'hiver ont fait le reste. Dans un monceau de ruines, on distingue à peine aujourd'hui le tracé des rues et le dessin des maisons.

Deux petits *marabouts* blanchis à la chaux, que la main des destructeurs a respectés, ont seuls survécu au désastre. C'est là cependant que les Oulad-sidi-Cheik vont encore aujourd'hui chercher l'inspiration fanatique qui les soulève constamment contre nous. Le premier contient les restes du grand Si-el-Hadj-Eddin, le successeur de Si-Cheik; dans l'autre sont ensevelis quelques membres vénérés de sa famille. Les trois burnous du saint, dont l'un de couleur verte, — que le voyage de La Mecque donne senl le droit de porter, — sont encore étendus sur le grand catafalque à colonnes qui renferme son corps. De pieux pèlerins, venus souvent de contrées lointaines, entretiennent religieusement ces tombes, et les ornent de morceaux d'étoffe, qui chez les Arabes sont des hommages rendus aux morts comme en France les couronnes d'immortelles. Au pied de ces marabouts, nous retrouvons les puits qui alimentaient autrefois le village, mais tellement envahis par le sable qu'il nous fallut un travail de plusieurs heures pour dégager les ouvertures et arriver jusqu'à l'eau.

Diverses raisons firent juger prudent au colonel de Sonis d'attendre quelques jours à Si-el-Hadj-Eddin avant de pousser plus loin. Les *goums* qu'il avait envoyés du côté de Mzab n'étaient pas revenus, et leur concours lui était nécessaire. Il manquait de renseignemens sur la position des ennemis, et il n'avait pas assez de vivres pour entreprendre une poursuite dont il ne prévoyait pas la durée. Un escadron, celui des chasseurs d'Afrique, auquel j'appartenais, fut désigné pour aller avec 450 chameaux à Tadjrouna chercher le dépôt qu'on y avait laissé. Au bout de six jours, nous étions de retour à Si-el-Hadj-Eddin, amenant sain et sauf le convoi qui nous avait été confié.

Pour gagner de vitesse un adversaire qui fuyait coustamment, la colonne était trop lourde et marchait trop lentement. Avec les trois escadrons et trois compagnies de zouaves, on en constitua une plus mobile qui dut abandonner ses bagages et n'emporter avec elle que le strict nécessaire. Un convoi des meilleurs chameaux portant l'eau et les vivres fut formé pour l'accompagner. Les armes, les manteaux et quelques biscuits, voilà tout ce que les hommes, tant cavaliers que fantassins, furent autorisés à prendre sur eux. Dans le *ksar*, qu'on avait fortifié pendant notre course à Tadjrouna, on laissa une réserve de vivres gardée par une compagnie de chasseurs à pied, qui reçut l'ordre d'y attendre notre retour. Le reste de l'infanterie, chargée des bagages et du convoi de vivres, dut nous suivre à son allure de manière à pouvoir nous appuyer au besoin.

III.

Le 15 avril au point du jour, la colonne légère se mit en route ; elle marcha jusqu'à quatre heures du soir, bivouaqua et repartit le lendemain matin. La chaleur, qui n'avait cessé d'augmenter les jours précédens, était maintenant intense. Les fantassins, épuisés par ces deux marches forcées, n'avaient même pas pour se soutenir une ration d'eau suffisante. Vers midi, ces pauvres soldats, terrassés plus encore par la soif que par la fatigue, commencèrent à tomber. En une heure, plus de quarante s'affaissèrent, incapables de faire un pas de plus. Et quels hommes ! des soldats habitués depuis long-temps au soleil d'Afrique, aux épreuves des expéditions dans le dé-sert, des zouaves au teint hâlé, à la barbe épaisse, dont la mâle et énergique expression montrait bien qu'ils avaient lutté jusqu'à la dernière limite de leurs forces. Les cavaliers durent mettre pied à terre et hisser sur les chevaux leurs malheureux camarades ; mais, malgré nos offres réitérées, aucun des officiers d'infanterie ne vou-lut consentir à monter à cheval à notre place. Ils savaient combien les soldats sont stimulés par l'exemple de leurs chefs partageant leurs souffrances, et l'un d'eux, vieux lieutenant sorti lui-même des rangs de la troupe, me disait, répondant à mes instances : « Si les officiers montent à cheval, dans une demi-heure il ne restera pas un homme debout. » L'étape s'acheva ainsi non sans peine, ou plutôt on s'arréta quand il fut impossible d'aller plus loin. C'est alors surtout que nous regrettions de n'avoir plus ni tente ni peau de mouton ; ces objets de luxe étaient restés avec la colonne d'in-fanterie, et notre bagage tenait tout entier sur la selle. Aussitôt après le dîner, qu'on mangeait accroupi par terre, chacun de nous préparait son lit en écartant les cailloux les plus gênans, s'envelop-pait dans son manteau, et s'endormait bientôt bercé par la fatigue. Une nuit passée ainsi en plein air n'est pas sans charme, surtout dans ces climats presque tropicaux, où pas un nuage ne vient s'in-terposer entre vous et la voûte du ciel parsemée d'étoiles singuliè-rement belles et brillantes. Lorsqu'en me réveillant j'apercevais à travers les plis de mon manteau cette alcôve inusitée, je lui trouvais une indéfinissable poésie, et je pensais souvent à ces beaux vers de Byron qui s'appliquaient si merveilleusement bien à notre situation :

> And they were canopied by the blue sky
> So cloudless clear and purely beautiful
> That God alone was to be seen in heaven (1).

Le 17, un espion nous dit que Si-Lala était campé la veille auprès des *r'dirs* de Bou-Aroua, sur l'Oued-Gharbi, qu'il se chargeait de nous y conduire en peu d'heures, et qu'il connaissait à moitié chemin une petite mare où nous pourrions faire boire les chevaux. Notre errant ennemi ne pouvait pas être encore bien éloigné de son campement; en faisant diligence, nous étions presque sûrs de l'atteindre peu au-delà de ces puits. Il était environ quatre heures de l'après-midi. Il ne fallait plus compter sur l'infanterie, qui était en route depuis quatre heures du matin. On s'arrêta au point où elle dut passer la nuit, on lui laissa le peu d'eau qui restait, et les trois escadrons reçurent l'ordre de se tenir prêts à se remettre en route dans deux heures. A six heures en effet, aux derniers rayons du soleil couchant, nous partîmes au trot, joyeux et méditant ce programme, qu'on se passait de bouche en bouche : marche toute la nuit, au petit jour surprise du camp ennemi, immense *razzia* et capture du marabout, puis retour pour dîner aux puits abondans mentionnés par l'Arabe, où nous trouverions le reste de la colonne légère. Le jour baissait, le disque jaune du soleil venait de disparaître à notre droite; la nuit, qui dans ces parages succède presque immédiatement au jour, arrivait rapidement. On n'entendait que le trot régulier des chevaux, rendu plus intense par le calme de la nuit, et parfois, dominant ce bruit, un refrain particulier aux chasseurs d'Afrique que les hommes chantaient en chœur. Nous étions alors véritablement gais, l'espérance était revenue, maîtrisant la fatigue, et les chevaux eux-mêmes semblaient partager notre entrain. Je jouissais plus que je ne saurais le dire de cette impression si nouvelle pour moi quand j'appris que le cheval de l'un des officiers de notre troupe venait de tomber mort. L'accident était sérieux. Je m'arrêtai un instant, vivement ému, ne sachant que résoudre entre les escadrons dont j'entendais déjà la cadence éloignée et mon camarade abandonné derrière moi, lorsque je le vis arriver au galop. Un chasseur l'avait contraint à prendre son cheval, disant qu'un officier pouvait être plus utile qu'un simple soldat, et que

---

(1) « Et au-dessus de nos têtes s'étendait l'azur sans nuage, si clair et si profond que Dieu seul apparaissait dans le ciel. »

d'ailleurs il était sûr de se tirer d'affaire. Il passa en effet la nuit à l'endroit même où le cheval s'était abattu, et fut ramassé par le petit convoi de chameaux qui nous suivait.

Vers huit heures, on s'arrêta tout à coup; nous étions arrivés à l'Oued-Gharbi, dont il s'agissait maintenant de descendre les rives escarpées. Il fallut mettre pied à terre et conduire son cheval par la bride. La nuit était noire; je ne sais pas comment nous fîmes pour arriver au fond sans accident. Nous voici enfin dans le lit de la rivière : on se remet en selle, et nous marchons en file indienne au milieu des touffes nombreuses de tamaris, dont les rameaux viennent de temps en temps nous frôler en passant. Afin de ne pas nous trahir, défense est faite de crier et de fumer. Le sable assourdissait le bruit des pas, et c'est à peine si chaque cavalier entendait le grincement de la selle ou le son métallique du sabre frappant contre l'étrier de l'homme qui le précédait. Par un de ces incidens qui se produisent parfois dans les marches, surtout la nuit, une scission s'opéra brusquement dans la chaîne allongée que nous formions, et je me trouvai avec un autre officier et la moitié de mon escadron séparé du reste de la colonne. Une heure se passe à attendre, à appeler, à chercher; l'inquiétude commençait à nous gagner quand un Arabe dont nous ne distinguions pas les traits dans l'obscurité vint nous dire en mauvais français : « Je sais où est le colonel; si vous voulez, je vais vous conduire à lui. » Il n'y avait pas à hésiter, l'Arabe passa devant, et nous le suivîmes. Depuis Si-el-Hadj-Eddin, nous marchions constamment vers le sud; aussi notre étonnement fut-il grand lorsqu'au bout d'une demi-heure la Grande-Ourse se trouva vis-à-vis de nous. L'idée d'une trahison nous vint en même temps à l'esprit à mon camarade et à moi. Instinctivement, nous nous le sommes dit plus tard, chacun fit glisser son revolver hors des fontes; mais nos craintes n'avaient rien de fondé : le changement dans la direction qui nous avait surpris n'était dû qu'à l'un des nombreux circuits de la rivière, et l'homme qui nous avait paru suspect n'était autre que le jeune et intelligent bachaga des Oulad-Nayls, Si-bel-Kassem-bel-Arch, que le colonel avait envoyé à notre recherche.

Lorsque nous le rejoignîmes, la colonne était arrêtée sur le bord de la petite mare que le guide nous avait annoncée; mais cette mare était vide. Tous les hommes avaient mis pied à terre, et regardaient avec consternation cette masse de boue épaisse sans pouvoir en détourner les yeux, comme s'ils s'attendaient à chaque instant à en voir sortir une source limpide. Le guide nous avait-il trompés, ou ce fossé, encore plein le jour précédent, à ce qu'il assurait, avait-il été epuisé dans l'intervalle? Il était à ce moment onze heures du soir. Les chevaux, qui n'avaient pas bu depuis la veille, et qui sur vingt heures de marche en avaient eu à peine deux pour se reposer, ne semblaient guère pouvoir aller plus loin. A quelle distance étions-nous des *r'dirs* de Bou-Aroua? les trouverions-nous également à sec? Dans ce cas, comment ferions-nous pour atteindre les puits de Mengoub, situés à plus de dix lieues au nord? Voilà les questions que les hommes commençaient à se poser. A chaque instant, on pouvait s'attendre à voir paraître l'ennemi. Le resserrement des rives lui permettrait de nous fusiller à bout portant, l'escarpement rendrait l'escalade impossible. Cependant le colonel faisait reconnaître Bou-Aroua par quelques cavaliers arabes; on sut bientôt que nous y trouverions encore de l'eau, et que nous n'en étions éloignés que de 10 kilomètres. On remonta donc à cheval, et vers trois heures du matin on faisait enfin halte sur le bord d'un *r'edir* à moitié rempli d'une eau jaunâtre et fangeuse.

Les premiers rayons du soleil levant vinrent alors éclairer une des scènes les plus pittoresques qui se puissent imaginer : des chevaux attachés çà et là aux branches des tamaris, d'autres qu'on menait boire et qu'on avait peine à retenir, entrant à mi-corps dans la mare pour apaiser plus vite leur soif ardente, tendant le cou et frappant du pied l'eau qui jaillissait autour d'eux; — les hommes groupés auprès des petites gamelles de fer-blanc où ils faisaient détremper leurs biscuits; — quelques instans après, l'arrivée des chameaux, qui nous avaient rejoints; — le remplissage des tonneaux, qui dura tant qu'on put ramasser au-dessus de la boue quelque chose de liquide, voilà les principaux traits du tableau dont nous ne distinguions que vaguement les détails à travers la brume qui s'élevait au-dessus du *r'edir*. A cinq heures, on se remit galment en marche. Les chevaux, qui avaient puisé dans cette eau bourbeuse des forces inattendues, partirent au trot avec entrain. D'après les rapports de l'espion, nous devions être tout près de l'ennemi; les hommes le savaient, et cela se sentait à un frémissement inaccoutumé dans les rangs. Lorsque après une heure de marche les premiers cavaliers de la colonne gravirent les berges de la rivière et apparurent sur le plateau, chacun s'attendait à entendre des coups de fusil. On mettait son cheval au galop pour sortir plus vite de la rivière et savoir plus tôt ce qui se passait; mais on n'apercevait que le désert nu et silencieux, — nulle trace des tentes si désirées du camp ennemi. Il y eut là un moment de cruel désappointement. Sans en avoir reçu l'ordre, la petite troupe se remit au pas.

La journée avançait, nous marchions toujours. La chaleur était insupportable (nous étions alors sous le 32ᵉ degré de latitude). La fatigue commençait à nous dompter. Les mêmes hommes qui trois

heures auparavant ne rêvaient que coups de fusil et razzia rumi-
naient maintenant sur la soif, les blessures possibles, l'absence de
cacolets et de médicamens. Les réflexions arrivaient en foule. On
était dans un pays inconnu, le guide nous trahissait peut-être. Que
faire, si on ne trouvait pas d'eau? En sentant son cheval épuisé fléchir sous soi, chacun se demandait avec effroi quel serait son sort,
s'il venait à s'abattre. Le découragement s'augmentait encore de
l'ignorance complète où nous étions tous, officiers et soldats, de ce
qui intéressait notre marche. La position des puits, celle de l'ennemi, les divers renseignemens qui lui arrivent, ses intentions surtout, sont autant de secrets que le chef doit garder avec soin pour
lui seul; la réussite de son plan est à ce prix. Le soldat français
s'accommode mal d'un rôle trop passif; il veut savoir où il va, ce
qu'il fait, pourquoi il souffre. C'est à la condition de le lui dire que
vous obtiendrez de lui tout ce qu'il est capable de donner. D'heure
en heure, on s'arrêtait cinq minutes pour faire souffler les chevaux
et donner aux traînards le temps de rejoindre. On profitait de cette
courte halte pour se reposer un instant par terre à l'ombre de son
cheval; mais le soleil au zénith rendait cette ombre si petite qu'il
fallait aller la chercher sous le ventre même de l'animal, et que la
tête seule y trouvait un abri. A peine étendus ainsi sur le sol, les
hommes s'endormaient profondément, et souvent au moment de
repartir il fallait les réveiller.

Depuis trente-six heures, nous marchions presque sans interruption; hommes et bêtes étaient à bout de forces. Aller plus loin,
c'était compromettre la sûreté de la colonne. A quatre heures, malgré l'amer regret qu'il éprouvait d'abandonner un succès qu'il
croyait déjà tenir, le colonel donna l'ordre de s'arrêter. Un pareil déboire est fréquent dans les expéditions du sud; c'est même
un résultat prévu de la tactique des Arabes. Fuir toujours devant
l'ennemi quand il est le plus fort, l'entraîner derrière eux dans
les contrées maudites qu'ils ont nommées eux-mêmes « le pays
de la soif, » profiter alors de la moindre faute, d'une trop grande
dispersion de la colonne, d'un moment où ses tonneaux sont vides,
pour tomber sur elle et la détruire, voilà comment ils entendent
la guerre. Ils n'acceptent le combat que s'ils croient la victoire
certaine; aussi, pour obtenir sur les Arabes un succès réel, il n'y
a qu'un seul moyen : il faut lutter avec eux à la course, les surprendre par une rapidité à laquelle ils ne peuvent s'attendre, et
ne pas leur donner le temps de mettre en sûreté leurs troupeaux et
leurs familles. C'est là ce que nous avons été sur le point de faire
et ce que firent nos *goumiers,* montés sur leurs merveilleuses jumens. Ils continuèrent à marcher, et deux heures après nous avoir

quittés se trouvèrent en face de troupeaux nombreux derrière lesquels était campé Si-Lala avec quelques cavaliers et un grand nombre de fantassins. Profitant de la surprise où les jeta la brusque apparition de nos hommes, ceux-ci lui enlevèrent 400 chameaux et autant de moutons, qu'ils nous ramenèrent le surlendemain. — Quel beau coup nous venions de manquer! Il ne fallait pas songer à reprendre la poursuite, car nous éloigner encore des puits eût été une grave imprudence. A peine avions-nous recueilli à Bou-Aroua assez d'eau pour notre repas du soir. Dès que le convoi nous eut rejoints, une répartition consciencieuse fut faite du contenu des tonneaux. Chaque cheval eut environ quatre littres, chaque homme un litre d'un liquide fangeux que nous buvions comme une médecine en évitant d'en sentir l'odeur. Avec un biscuit, voilà quel fut ce jour-là le menu de notre dîner.

Nous n'étions pas au bout de nos souffrances, et la journée du lendemain devait être plus dure encore que la précédente, car les forces de nos chevaux diminuaient sans cesse, et la nourriture que nous leur donnions n'était pas de nature à les réparer. Dès le matin, on constata que les pauvres bêtes, moins restaurées par une nuit de repos qu'elles ne l'eussent été par un peu d'eau claire, n'avançaient plus qu'à coups d'éperon. Quelques-unes tombaient pour ne plus se relever, — d'autres précédaient tristement leurs maîtres, qui les poussaient devant eux. Les chasseurs espéraient remplir en passant leurs gourdes aux *r'dirs* de Bou-Aroua, où nous avions fait halte la veille au matin : ils s'y précipitèrent; mais déjà le soleil commençait à fendiller la première couche de boue, dont toute trace d'humidité avait disparu. Je vis alors des hommes se disputer cette boue infecte, la mettre dans leurs mouchoirs, et la presser jusqu'à ce qu'il en sortît quelques gouttes épaisses qu'ils buvaient avec avidité.

Je ne pense pas qu'un seul de nous fût arrivé à cheval à Mengoub, si la Providence n'était venue à notre aide. Nous remontions toujours la rivière, et nous avions dépassé le point où nous y étions entrés l'avant-dernière nuit. Il était environ trois heures. Le palais desséché, la paupière appesantie, sans mot dire, chacun s'abandonnait au pas de son cheval, qui marchait lentement et la tête basse. Chaque fois qu'il trébuchait, un mouvement nerveux de la main qui tenait la bride réveillait un instant le cavalier; mais la main retombait bientôt sur le pommeau de la selle, et l'animal continuait à faire mouvoir avec peine ses membres fatigués. Tout à coup les chevaux, saisis d'une ardeur dont nous ne les pensions pas capables, se ranimèrent, prirent le trot d'eux-mêmes, et nous amenèrent au bord d'un bassin que cachait à nos regards un bouquet de tamaris et de lauriers-roses. Nous avions passé depuis quelques jours par bien des alternatives d'espérance et de regret, de plaisir et de souffrance; mais nulle part je n'ai été témoin d'un enthousiasme pareil à celui que fit éclater la vue soudaine de cette eau fraîche et limpide. Les soldats, qui ne savent pas plus se modérer que des enfans, s'en donnaient à cœur joie. Ils y eussent mis moins d'ardeur, si c'eût été du vin coulant des fontaines publiques un jour de fête populaire. En moins de cinq minutes, quelle transformation s'était opérée en nous! On eût dit qu'une fée bienfaisante nous avait touchés de sa baguette magique. La joie la plus bruyante avait succédé chez les hommes à une tristesse voisine du désespoir; les sombres pensées, noyées dans l'eau du bassin, avaient fait place à une confiance exagérée; on se sentait alors capable de tout oser. Je me disais avec regret que la découverte de ce *r'edir* dans la nuit du 17 eût probablement changé pour nous le résultat de l'expédition. En nous fournissant de quoi remplir nos tonneaux, il nous eût permis de franchir aisément la courte distance qui nous séparait encore de l'ennemi et de remporter sur lui un avantage décisif; mais ce n'était pas le moment d'avoir des regrets. L'instant d'après, je riais tout seul des accès de folle gaîté auxquels se livraient nos chasseurs, et j'admirais ce caractère charmant du soldat français qui lui permet d'oublier si facilement ses souffrances pour se livrer tout entier à la joie du présent, sans retour sur le passé, sans souci de l'avenir.

Les quatre lieues qui nous restaient encore à faire pour arriver à Mengoub furent franchies rapidement, et le soir à sept heures nous retrouvions campées au milieu d'un véritable bosquet de tamaris les deux colonnes d'infanterie, arrivées seulement quelques heures avant nous. Elles avaient toutes deux passé d'assez tristes momens et la soirée fut consacrée à nous raconter mutuellement nos aventures. La colonne légère, celle que nous avions quittée à son bivouac le 17 au soir, après avoir épuisé sa petite provision d'eau, s'était remise eu marche à deux heures du matin pour atteindre avant la grande chaleur les *r'dirs* de Bou-Aroua, qu'on lui avait dits inépuisables. Elle y avait trouvé seulement un petit nombre de tonneaux pleins d'eau que nous y avions laissés à son intention, et s'était remise en route immédiatement dans la direction de Mengoub. Obligés de marcher deux jours de suite avec une ration insuffisante d'eau bourbeuse, les pauvres fantassins n'étaient arrivés à Mengoub qu'après de cruelles souffrances. La colonne chargée des bagages, à laquelle nous avions dit adieu à Si-el-Hadj-Eddin, n'avait pas été plus heureuse. Apprenant par un message du colonel que les *r'dirs* de Bou-Aroua étaient à sec, elle avait dû obliquer vers Mengoub; mais elle en était encore loin, et sa provision d'eau était épuisée. Il fallut envoyer à la recherche des puits le convoi chargé de tonneaux vides avec l'ordre de revenir dès qu'on serait parvenu à les remplir. On juge des angoisses que durent éprouver ces pauvres gens attendant pendant une demi-journée et une nuit entière les chameaux, qui ne revenaient pas. Au point du jour enfin, ils les avaient vus arriver, et avaient pu reprendre leur route vers Mengoub.

Les trois journées que nous passâmes dans ce joli endroit ne furent pas perdues pour nos infatigables *goumiers*. A peine les premiers étaient-ils rentrés au camp avec leur butin que d'autres s'étaient élancés de nouveau à la poursuite du marabout; ils l'avaient atteint une seconde fois à vingt-deux lieues de notre camp, lui avaient fait 11 prisonniers et enlevé 275 chameaux. Il était six heures du soir, et nous allions nous mettre à table lorsqu'arriva la nouvelle de ce succès. Les *goums* envoyaient aussi des renseignemens précis sur la position et sur les forces de l'ennemi. C'était une belle occasion pour venger notre échec de Bou-Aroua; mais il fallait se hâter et ne pas laisser à Si-Lala le temps de s'écarter davantage des puits. Le colonel donna immédiatement l'ordre de seller les chevaux. Comme la première fois, le manteau fut le seul bagage autorisé; outre les escadrons, deux compagnies, l'une de zouaves, l'autre de chasseurs à pied, montées sur des chameaux, furent désignées pour faire partie de la colonne légère. Le départ de cette bizarre cavalerie fut une scène des plus amusantes. Le cavalier et sa monture, peu habitués l'un à l'autre, s'entendaient d'abord assez mal. Le chameau s'agenouillait, l'homme s'établissait sur son dos : jusque-là tout allait bien ; mais lorsque la bête, détendant comme un ressort d'acier ses longs jarrets, se relevait par deux brusques saccades, le malheureux, épouvanté, se cramponnait à la bosse avec des gestes de désespoir comique. L'animal partait-il au trot en secouant durement son cavalier et l'entraînait-il dans quelque touffe de tamaris, c'étaient alors de toutes parts des cris de joie, des éclats de rire, que venaient encore surexciter les plaintes du patient. Un homme perdait-il l'équilibre, l'hilarité redoublait, et les plaisanteries de ses camarades pleuvaient sur lui du haut de tous les chameaux voisins. Les chutes étaient heureusement sans danger sur le sable. On riait encore à minuit, lorsque tout à coup on entendit dans le lointain des bêlements de moutons. On se crut enfin en présence des tentes ennemies. L'ordre fut donné d'arrêter, et à la pâle clarté de la lune on prit ses dispositions pour le combat. Chacun serra sa jugulaire, arma son pistolet, sortit à moitié son sabre du fourreau; puis le silence se fit, troublé seulement de temps en temps par des bêlemens encore éloignés ou par le galop de quelques chevaux isolés. On voyait glisser dans l'obscurité comme des fantômes les burnous blancs [de leurs cavaliers. Nous eûmes là cinq minutes d'attente pleine d'émotion ; mais ce fut encore une déception : les burnous blancs étaient ceux de nos éclaireurs, et nous n'avions devant nous qu'un petit troupeau de moutons gardé par quelques bergers. A défaut de gloire, nous venions d'acquérir une provision de côtelettes : on les envoya sans tarder à la colonne d'infanterie, qui s'en nourrit pendant plusieurs jours.

La lune nous avait complaisamment prêté son concours pour accomplir les grandes choses que je viens de raconter. A peine furent-elles terminées, qu'elle jugea à propos de nous le retirer. Nos guides ayant déclaré qu'ils n'étaient pas assez sûrs du chemin pour affronter l'obscurité de la nuit, on fit halte ; un cavalier sur huit fut désigné pour tenir les chevaux de ses camarades, et les autres, se roulant dans leurs manteaux, s'endormirent à la place où ils se trouvaient. A peine les premières lueurs du soleil, invisible encore, vinrent-elles blanchir l'horizon, que l'ordre fut donné de remonter à cheval pour recommencer cette poursuite que nous ne désespérions pas encore de voir se terminer par un brillant succès. Après avoir marché toute la journée, nous arrivâmes le soir à Ras-Mehareg, le bivouac de Si-Lala ; mais nos fugitifs adversaires l'avaient quitté le matin. Quelques traces indiquant l'enceinte occupée par les tentes des chefs, quelques emplacemens noircis par le feu du camp, deux ou trois cadavres de chameaux déjà décomposés par le soleil, voilà les seuls vestiges qu'ils avaient laissés de leur passage.

Nos chevaux étaient épuisés, nous n'avions plus de vivres. Pour la seconde fois, il nous fallait renoncer à l'espoir d'une rencontre. Les *goums*, qui ont toujours assez de vivres, et dont les jumens ne connaissent pas la fatigue, continuèrent la lutte que nous étions forcés d'abandonner. Avec quelle envie mêlée de dépit nous les vîmes partir ! La soirée fut triste ; l'eau qu'on avait puisée au fond des *r'dirs* presque vides de Mengoub était entrée en putréfaction sous l'influence de la chaleur. Un des chameliers qui avait apporté en cachette une outre d'eau un peu meilleure en vendit un litre au prix de 20 francs. On repartit le lendemain pour Mengoub ; mais on ne put y arriver le même jour. Le surlendemain, on y fit la grande halte. Pendant notre absence, les puits étant vides, la colonne d'infanterie était partie ; mais l'eau commençait à revenir, et nous fîmes, à l'ombre des tamaris que nous connaissions déjà, un agréable déjeuner.

Pour atteindre Benouth, où nous devions coucher, nous n'avions qu'à remonter l'Oued-Benouth pendant une vingtaine de kilomètres. Rien de joli comme le lit de cette rivière et la végétation que l'on y rencontre. Les lauriers-roses croissent en abondance sur les deux rives; les tamaris, les térébinthes, y atteignent de très grandes hauteurs, et se rejoignaient parfois au-dessus de nos têtes pour former de ravissans berceaux, des sortes de couloirs mystérieux où jamais le soleil ne pénètre. A droite et à gauche, de nombreux *r'dirs*, abrités sous ces frais ombrages, nous semblaient autant de trésors auxquels il eût été coupable de ne point puiser. Aussi, chaque fois qu'on en rencontrait un nouveau, les chasseurs, éblouis par cette abondance de biens, s'arrêtaient-ils malgré les instances des officiers pour boire eux-mêmes une fois de plus et pour faire boire leurs chevaux; ceux-ci, d'ordinaire si intelligens, comme tous les animaux, pour discerner ce qui peut leur nuire, mais dérangés sans doute dans l'équilibre de leurs instincts par une trop longue abstinence, se montrèrent plus déraisonnables encore que les hommes. Plusieurs d'entre eux furent punis de cette intempérance et moururent le soir au bivouac.

Le lieu où nous arrivâmes à la fin de la journée était digne de la jolie route qui nous y avait conduits. Nous venions de quitter le lit de la rivière afin d'en éviter les nombreux circuits. Après avoir un instant semblé vouloir changer sa direction primitive, l'Oued-Benouth la reprenait bientôt par une courbe gracieuse, et s'échappait ensuite à notre droite en serpentant au pied des collines. On pouvait aisément se figurer que l'eau coulait à pleins bords entre ces rives, dont les sinuosités, aussi loin que la vue pouvait s'étendre, étaient dessinées par le vert branchage des lauriers-roses. En face de nous se dressait un beau massif de palmiers, et enfin, planant au-dessus de l'oasis comme un vieux château ruiné, l'ancien *ksar* de Benouth. Une rangée de petites collines aux contours arrondis qui s'enfuit à perte de vue sur la droite de l'autre côté de la rivière achève de donner à ce paysage une apparence presque française. Du côté de l'ouest, c'est encore le désert; mais le disque du soleil, déjà entamé par l'horizon, enveloppant la plaine de ses rayons rouges, la fait disparaître dans un embrasement général. Était-ce la beauté du spectacle ou le souvenir qu'il faisait naître en nous de la patrie absente? Je ne sais, mais il y eut à coup sûr un sentiment d'émotion auquel personne n'échappa, et ce fut presque en silence qu'on établit le bivouac à l'ombre des palmiers.

En s'approchant de l'oasis, on sentait peu à peu s'effacer l'impression agréable qu'on avait éprouvée au premier abord. Le *ksar*, détruit quelques mois auparavant par une de nos colonnes, est maintenant complétement abandonné. Les murs en terre s'affaissent peu à peu et se fondent en une masse informe où rien ne rappelle le charme et la poésie de nos ruines d'Europe. D'ailleurs on est trop près du jour du désastre, et le temps n'a pas encore effacé les terribles traces de la main de l'homme. Sur le mur le plus élevé du *ksar*, un crâne humain que le soleil a blanchi semble avoir été placé là par quelque mauvais génie ennemi des Arabes pour les empêcher d'oublier nos vengeances, et pour servir d'épouvantail à quiconque serait tenté de revenir habiter l'oasis.

Afin de laisser un peu reposer les chevaux, nous passâmes à Benouth la journée du lendemain 26, et le 27, après avoir rempli les tonneaux, nous entrâmes dans la plaine aride des Habilates, nous dirigeant sur Si-el-Hadj-Eddin. Avec quelle ardeur je désirais maintenant atteindre ce lieu qui la première fois m'avait paru si triste! Tout est relatif sur la terre. Je ne voyais rien en ce moment au-delà de ce village en ruine, et mon esprit s'était habitué à le regarder de bonne foi comme une des villes principales du monde civilisé. On y arriva enfin le 29 avril, et on y retrouva la colonne d'infanterie et la compagnie à laquelle on avait laissé la garde des vivres. Nous avions bien mérité deux jours de repos : le colonel nous les accorda; mais le ciel moins clément les changea en deux jours de souffrance. A peine étions-nous arrivés que le vent du sud, le terrible siroco, commença de souffler et dégénéra bientôt en un affreux ouragan. Les tentes, dressées sur un terrain sablonneux, cédant à la violence du vent, s'abattaient les unes après les autres. Un grand nombre d'entre nous, forcés par la chute de leur tente à se lever au milieu de la nuit, s'efforçaient, mais souvent en vain, de la remettre debout. Les plus heureux, blottis sous un manteau ou sous une peau de mouton, se réveillaient le matin, ceux du moins qui avaient pu dormir, couverts d'un épais linceul de sable. Les chevaux, excités par cette poussière qui les aveuglait, tiraient sur leurs piquets, qu'ils n'avaient pas de peine à arracher, et, s'échappant au milieu du camp, venaient encore augmenter le désordre et la confusion. On ne peut se figurer sans l'avoir éprouvé à quel degré vous irrite cette insolente familiarité du sable qui vous poursuit partout, dans votre lit, sous vos vêtemens, dans les yeux, sous les dents, qui grincent, dans vos alimens, qui en sont saupoudrés. Jamais je n'ai mieux compris combien la folie était près de nous, et combien est courte la route qui peut y mener l'esprit le plus sensé. Cela dura quarante-huit heures.

Le 2 mai, nous disions enfin adieu pour toujours à Si-el-Hadj-Eddin. Le chemin que nous suivîmes pour retourner à Tadjrouna m'était connu; je l'avais déjà pris avec mon escadron pour aller y chercher un convoi de vivres. Je pus ainsi admirer encore une fois les *gours* de Si-Mohamed-ben-Abdallah, énormes cylindres de sable agglutiné aux parois parfaitement verticales. De Si-el-Hadj-Eddin à Tadjrouna et de Tadjrouna à Laghouat, où nous arrivâmes le 8 mai, la route se fit sans incident. Notre retour était impatiemment attendu. Nos camarades, dont l'imagination avait grossi les dangers courus, avaient conçu sur nous de grandes inquiétudes. Ils étaient tout disposés à nous écouter avec intérêt et à s'apitoyer sur nos maux. Aussi nous firent-ils une chaleureuse réception.

Pendant ce temps, un dernier effort avait été tenté par nos *goums*. Après avoir poursuivi les Oulad-sidi-Cheik jusque sur l'Oued-Namous, ils les avaient atteints le 25 avril, et les avaient complétement dispersés. Si-Lala avait pu s'échapper; mais sa tente, son trésor (50,000 francs en or), ses bagages particuliers, étaient tombés entre les mains de nos gens. C'était là une véritable victoire; seulement les *goums* en avaient eu tout le mérite, et nous ne pouvions nous consoler de leur avoir laissé le beau rôle. Pourquoi le manque d'eau avait-il toujours déjoué nos projets? Nous regardions l'expédition comme manquée, parce qu'aucune rencontre n'avait eu lieu. Nous nous trompions cependant. — En ruinant les tribus rebelles, en les poursuivant aussi profondément dans le désert, on les avait mises pour longtemps hors d'état de nuire, et on avait assuré au sud de l'Algérie plusieurs années de paix et de tranquillité.

Alors que dans le calme séjour d'Alger, au pied des rians coteaux de Mustapha, j'évoque, pour écrire ces lignes, mes anciens souvenirs du désert, j'apprends tout à coup que la poudre vient encore de parler dans le Sahara. Fanatisés par les prières du rhamadan et excités par l'ardeur de leur jeune chef Si-Kadour-ben-Hamza, qui brûle de se mesurer avec nous, les Oulad-sidi-Cheik, passant au nord de Géryville, ont pénétré dans la province d'Oran. Le vide se fait devant eux; les tribus épouvantées se replient sur le Tell. Ils se répandent alors dans le Djebel-Amour, les villages ouvrent leurs portes, Aïn-Madhi, oubliant sa lutte célèbre contre Abd-el-Kader, n'ose résister. Un instant les fils de Si-Cheik peuvent croire que leur bannière va se relever dans le Sahara et qu'ils vont enfin camper sur les tombeaux de leurs pères; mais le clairon a sonné sous les palmiers de Laghouat. La colonne qui veille comme une sentinelle avancée à 120 lieues d'Alger s'est mise en marche sous les ordres du lieutenant-colonel de Sonis. Le 1ᵉʳ février dernier, les marabouts Si-Kadour et Si-Lala, exaltés par le succès de leur agression et comptant sur leur supériorité numérique (3,000 contre 700), osent venir proposer la bataille à nos soldats. Ceux-ci, pleins de confiance dans l'arme excellente dont ils se servent pour la première fois, soutiennent bravement l'attaque, et après un combat de deux heures repoussent en désordre l'ennemi, qui laisse sur le terrain soixante-dix morts et de nombreux blessés.

Cette fois c'est bien à nos troupes que revient l'honneur de cette brillante victoire, car les *goums* de Laghouat ne les avaient pas encore rejointes. Cependant ceux de Géryville ne sont pas restés inactifs. A la première nouvelle du mouvement de l'ennemi, 200 cavaliers d'une fraction ralliée des Oulad-sidi-Cheik, conduits par Sliman-ben-Kadour, s'élançaient vers le Maroc, et le 5 février *razzaient* la smalah des marabouts, que ceux-ci avaient pour ainsi dire laissée sans défense. 2,800 chameaux chargés de butin, voilà ce qu'ils rapportent de cette heureuse expédition. Aujourd'hui les tribus insoumises, vaincues par nos troupes, dépouillées des richesses qu'elles accumulaient pour nous faire la guerre et des troupeaux qui sont leur seul moyen d'existence, repassent en fuyant les frontières du Maroc. Ainsi tombe encore une partie du prestige que la famille des Hamza exerçait dans le Sahara occidental, et la main qui lui porte ce nouveau coup est celle d'un d'entre eux, de celui même qui, détachant sa cause de la sienne, est venu se placer sous le drapeau de la France.

B. D'HARCOURT.

PARIS. — J. CLAYE, IMPRIMEUR, 7, RUE SAINT-BENOIT — [262]